la

MW00907112

Les éditions de la courte échelle inc.

Sylvie Desrosiers

À part rire et faire rire, Sylvie Desrosiers passe beaucoup de temps à écrire. Elle a fait ses débuts au magazine *Croc* et elle rédige, à l'occasion, des textes pour la télévision.

À la courte échelle, Sylvie Desrosiers est aussi l'auteure de trois romans pour adolescents. Pour son roman *Le long silence*, publié dans la collection Roman +, elle a remporté en 1996 le prix Brive/Montréal 12/17 pour adolescents, ainsi que la première place du Palmarès de la Livromanie, en plus d'être finaliste au prix du Gouverneur général. Quant à son célèbre chien Notdog, on peut lire plusieurs de ses aventures en chinois, en espagnol, en grec et en italien. Sylvie Desrosiers écrit également des romans pour les adultes et des recueils humoristiques. Et, bien sûr, elle se garde énormément de temps pour jouer avec son fils. *Qui a déjà touché à un vrai tigre?* est le quatorzième roman qu'elle publie à la courte échelle.

Daniel Sylvestre

Daniel Sylvestre a commencé très jeune à dessiner, et ce goût ne l'a jamais quitté. Après des études en arts décoratifs puis en arts graphiques à Paris, il a collaboré à des films d'animation, fait des illustrations pour des revues comme *Châtelaine* et *L'actualité*, réalisé des affiches publicitaires et travaillé en graphisme. Aujourd'hui, on peut voir ses illustrations partout au Canada.

À la courte échelle, Daniel Sylvestre est, depuis 10 ans, le complice de Bertrand Gauthier pour les albums Zunik. Il a d'ailleurs reçu le prix Québec-Wallonie-Bruxelles pour *Je suis Zunik*. Il est aussi l'illustrateur de la série Clémentine de Chrystine Brouillet, publiée dans la collection Premier Roman, ainsi que des couvertures de plusieurs livres de la collection Roman+. *Qui a déjà touché à un vrai tigre?* est le douzième roman qu'il illustre à la courte échelle.

De la même auteure, à la courte échelle

Collection Roman Jeunesse

Série Notdog:
La patte dans le sac
Qui a peur des fantômes?
Le mystère du lac Carré
Où sont passés les dinosaures?
Méfiez-vous des monstres marins
Mais qui va trouver le trésor?
Faut-il croire à la magie?
Les princes ne sont pas tous charmants
Qui veut entrer dans la légende?
La jeune fille venue du froid

Collection Roman+

Quatre jours de liberté
Les cahiers d'Élisabeth
Le long silence

Sylvie Desrosiers

QUI A DÉJÀ TOUCHÉ À UN VRAI TIGRE?

Illustrations
de Daniel Sylvestre

la courte échelle

Les éditions de la courte échelle inc.

Les éditions de la courte échelle inc.
5243, boul. Saint-Laurent
Montréal (Québec) H2T 1S4

Conception graphique:
Derome design inc.

Révision des textes:
Lise Duquette

Dépôt légal, 3e trimestre 1998
Bibliothèque nationale du Québec

La courte échelle bénéficie de l'aide du ministère du Patrimoine cana-
dien dans le cadre de son programme d'Aide au développement de
l'industrie de l'édition. La courte échelle est aussi inscrite au programme
de subvention globale du Conseil des Arts du Canada et bénéficie de
l'appui du gouvernement du Québec par l'intermédiaire de la SODEC.

Données de catalogage avant publication (Canada)

Desrosiers, Sylvie

  Qui a déjà touché à un vrai tigre?

  (Roman Jeunesse; RJ76)

  ISBN 2-89021-335-8

  I. Sylvestre, Daniel. II. Titre. III. Collection.

PS8557.E874Q86 1998   jC843'.54   C98-940669-5
PS9557.E874Q86 1998
PZ23.D47Qu   1998

Chapitre I
Un accident de parcours

La tempête fait rage, ce qui est très fréquent en février. Pourtant, la météo annonçait une nuit claire.

Le vent souffle si fort que la neige semble tomber à l'horizontale. Même à très grande vitesse, les essuie-glaces de la camionnette n'arrivent pas à dégager la vue.

— Tu vois quelque chose? demande le chauffeur à son compagnon.

— Ouais, répond Roger Bontemps en cherchant une station de radio qui passerait de la musique western.

— Tu vois quoi?

— De la neige.

Louis Finn, qui habituellement apprécie l'humour de Roger, n'entend pas à rire. La situation est sérieuse. La camionnette risque à tout moment de quitter la route.

Ils sont à plusieurs kilomètres du village. La noirceur ne facilite pas les choses et Louis Finn est de plus en plus inquiet.

— Relaxe, Louis!

— Je voudrais bien te voir derrière le volant, grommelle Louis.

— Je n'ai pas de permis de conduire.

Louis éclate de rire:

— Depuis quand as-tu besoin d'un permis, Roger, pour faire quelque chose?

Il dit cela en regardant Roger. Il n'aurait pas dû. Car il y avait là, justement, une courbe dangereuse. La camionnette glisse hors de la route, dévale le ravin sans heureusement capoter et s'immobilise sur un énorme rocher. Le premier à recouvrer ses esprits est Roger Bontemps:

— Une chance qu'il y avait ce rocher-là! Sans ça, on se retrouvait directement dans le lac.

Louis sort de la camionnette pour évaluer les dégâts. Le vent et la neige s'engouffrent dans son manteau détaché. «On n'est pas sortis du bois...» pense-t-il en contemplant leur désastreuse position. C'est alors qu'il remarque un détail. Malgré le froid qui lui rougit les joues, il blanchit d'un coup.

— Roger! Roger! Vite!

Roger Bontemps prend son temps pour ouvrir sa portière, d'autant plus qu'il a mal au bras droit.

— Mon Dieu, qu'est-ce que tu as vu? Un fantôme?

— La porte arrière: elle est ouverte...

Pour la première fois du voyage, Roger s'alarme:

— Oh non! Catastrophe!

Chapitre II
Carnaval d'hiver et histoires à geler debout

Au village de X, dans les Cantons de l'Est, toute la population s'affaire à préparer le carnaval d'hiver. L'ouverture officielle a lieu dans une heure et certains participants ne sont pas encore prêts.

Sur le site, qui n'est autre que le parc municipal, le tracteur du maire Michel, transformé en déneigeuse, pousse la neige accumulée pendant la nuit.

Sur la patinoire, M. Davis, l'homme à tout faire du village, s'interroge: pourquoi les lumières de Noël qu'il vient de poser tout autour de la bande ne fonctionnent-elles pas?

Près de l'ancien tennis en ruine, Méo Taillefer, le sculpteur local, artiste animalier propriétaire d'une vingtaine de chats, termine la statue géante d'un cochon d'Inde.

Dans sa cabine, dont le chauffage ne marche pas, Ti-Mé Lange, le disque-jockey des mariages, se gèle les doigts en cherchant les disques qui accompagneront les festivités.

Finalement, au stationnement, l'éleveur de chiens de traîneaux, M. Winoski, un Polonais d'origine, prépare ses huskys pour la randonnée des officiels. Il caresse et parle à son chien de tête, sa vedette, son trésor, son champion, Pape, qu'il a nommé ainsi en l'honneur du pape Jean-Paul II, un Polonais comme lui.

Notdog, le chien le plus laid du village, observe la scène, Pape plus particulièrement. Il compare le poil fourni et brillant du husky au sien, jaune et rêche. Il remarque l'allure fière, les oreilles bien droites et la puissance du corps athlétique de Pape. Tandis que lui a les oreilles tombantes et un léger embonpoint: il aime trop les restes de table que sa maîtresse lui refile en cachette.

Pour se remonter le moral, il pense: «Il n'y a pas juste ça, les muscles, dans la vie.» Mais son soupir ne trompe pas: il est jaloux.

Un peu plus loin, trois jeunes de douze ans s'avancent en discutant. Il y a d'abord Agnès, la rousse qui porte des broches*. Toutefois, on ne les voit pas, car Agnès a remonté son foulard en polar sur son nez et, à la place de la bouche, on voit un rond mouillé.

À sa droite, John, l'Anglais blond à lunettes, qui défie le froid, ou bien ses parents, au choix, en gardant son manteau de ski ouvert malgré une température de moins 20 degrés.

À sa gauche, Jocelyne, la jolie brune aux cheveux bouclés, qui porte une canadienne verte couverte de poils jaunes, ceux de son chien, Notdog.

Ce trio, c'est celui des inséparables.

— Est-ce qu'on lui dit, à Méo Taillefer, qu'il a fait cinq pattes à son cochon d'Inde? demande Agnès.

— On va peut-être l'embrasser, hésite John.

— L'embarrasser, John, pas l'embrasser, le reprend Agnès, comme elle le fait chaque fois que le garçon fait une erreur de français.

* Appareil orthodontique.

— Si on ne lui dit pas, il va faire rire de lui par tout le monde, ajoute Jocelyne, qui voit alors venir son chien vers elle. Tu as bien l'air piteux, toi. Qu'est-ce que tu as?

Notdog étant un chien, il ne parle pas. Il ne peut donc pas expliquer qu'il est un peu déprimé. Soudainement, on entend une voix dans les haut-parleurs installés dans plusieurs arbres:

— Je déteste les carnavals d'hiver. On gèle! On ne pourrait pas faire un carnaval d'hiver l'été?... Quoi? Le micro est ouvert?

Le maire se ressaisit vite. Sur le podium, il commence son discours d'ouverture. Toute la population se masse autour de l'estrade d'honneur, érigée sur ce qui est d'habitude le carré de sable.

Dans la foule, une toute petite forme se fraye un chemin. À la hauteur des poches d'un adulte moyen, un pompon rouge se déplace. En dessous, un petit garçon de six ans dans un habit de neige assez grand pour durer trois ans. Jocelyne aperçoit le pompon rouge:

— C'est Dédé Lapointe. Qu'est-ce qu'il va encore inventer?

Il faut dire que Dédé est un garçon à l'imagination trop fertile, qui voit des complots partout et des menaces qui planent à chaque coin de rue. Il se dirige vers les inséparables.

— Ouf! Je vous cherchais. Vous avez deux minutes?

— Oui, Dédé, répond Agnès. Qu'est-ce qu'on peut faire pour toi?

— Eh bien, voilà! J'ai un problème. Et je ne peux pas en parler à ma mère.

— Pourquoi?

Dédé essuie son nez enrhumé qui coule abondamment avec sa mitaine droite.

— C'est à cause de mon frère. Je pense qu'il est dans le coup.

Jocelyne dissimule un fou rire:

— Quel coup, Dédé?

Le petit garçon regarde autour de lui, pour s'assurer que personne n'écoute, puis murmure à l'oreille de Jocelyne:

— Je vois des choses.

John se penche vers lui:

— Tu as des allusions?

— Des hallucinations, John, pas des allusions, le reprend Agnès.

— Oui, poursuit Dédé en reniflant. Ma mère me donne un médicament à cause de mon rhume et je crois que mon frère augmente la dose en cachette. Pensez-vous que c'est possible que mon frère veuille m'empoisonner?

— Voyons! Pourquoi ferait-il ça? s'étonne Agnès.

— Pour avoir la chambre à lui tout seul...

— Oh, je ne crois pas que ton frère ferait une chose pareille, Dédé, le rassure Jocelyne.

— Mais alors, pourquoi est-ce que j'ai vu un tigre dans ma cour? Ça ne se peut pas un tigre par ici.

— C'est peut-être la fièvre...

Jocelyne est interrompue par l'éclat d'une bataille de chiens.

— Notdog! crie-t-elle.

À quelques mètres des enfants, Notdog et Pape se sont rués un sur l'autre. Et Pape a visiblement le dessus.

Un peu plus tard, sur le site du carnaval, sous un ciel brillant d'étoiles, plusieurs personnes sont rassemblées autour d'un feu de camp. Le visage chauffé par les flammes et le dos gelé par l'hiver, elles participent à une compétition verbale ayant pour titre: LA CHOSE LA PLUS EXTRAORDINAIRE QUE VOUS AYEZ VUE.

Le maire Michel fait office de juge.

Bien emmitouflé dans une couverture de castor et réchauffé par un cognac, il inscrit le nom des participants: Ti-Mé Lange, Méo Taillefer, M. Winoski.

Friands d'histoires extraordinaires, les inséparables assistent à la compétition dont le grand prix est un repas pour deux chez Steve La Patate. Notdog aurait mieux aimé rester au chaud à guérir ses bleus. Mais jamais il ne laisserait Jocelyne sortir sans lui. Sauf pour aller à l'école où les chiens sont interdits.

Le maire Michel s'éclaircit la voix:

— Premier participant, mon ami Ti-Mé Lange qui a fait jouer de la si bonne musique lors du mariage de ma fille. Allez, à toi, Ti-Mé.

Ce soir, Ti-Mé porte des mitaines en fourrure. Une tuque à six pompons bien calée sur sa tête ne laisse apparaître que son nez mince et un reste de son souper, un peu de moutarde. Il commence:

— Il y a quelques années, j'ai été cuisinier sur un brise-glace dans la mer de Beaufort. Un soir de pleine lune, je suis sorti sur le pont, histoire de prendre l'air polaire. J'étais seul.

«Tout à coup, j'ai entendu un chant,

comme une voix douce qui appelait. Je suis allé chercher ma longue-vue et j'ai eu à peine le temps de voir, au loin, sur une banquise, une sirène. Elle était toute blanche et portait sur les épaules une fourrure noire. Elle m'a envoyé la main et a plongé sous l'eau. Je ne l'ai jamais revue.»

— Pour moi, c'était un pingouin, ta sirène, ricane M. Winoski.

Insulté, Ti-Mé se contente de hausser les épaules. Le maire, en hésitant, écrit son pointage.

— Au suivant: Méo Taillefer.

La barbe presque en feu tellement il est assis près des flammes, Méo Taillefer se met à raconter son histoire en faisant de grands gestes avec ses mains puissantes.

— J'étais dans un musée, à Paris, en train d'admirer une sculpture antique, une tête de femme grecque. J'étais seul dans la pièce sombre et froide. Tout à coup, les lèvres de la sculpture se sont mises à bouger. Elle a ouvert les yeux et elle m'a parlé: «Méo, un jour, tu seras célèbre!» Ensuite, le visage s'est figé de nouveau. La pièce s'est remplie de visiteurs et j'ai continué mon chemin. C'est extraordinaire, non?

M. Winoski, un sourire en coin, demande au sculpteur:

— Comment ça sonne, Méo, avec l'accent grec?

Le maire intervient avant que Méo se fâche:

— À votre tour, M. Winoski.

M. Winoski lisse son épaisse moustache, replace les oreilles de sa casquette de chasseur:

— Vous connaissez tous la légende de la forme noire.

Tous acquiescent, sauf les inséparables.

— D'aussi loin qu'on se souvienne dans ce village, on a entendu parler de la forme noire, un être étrange et informe qui vit dans les bois. Il laisse comme seule trace celle d'un manteau en lambeaux traînant dans la neige. Mi-humain, mi-animal, il n'apparaît qu'en hiver, quand il doit sortir de la forêt pour se nourrir. Il aurait presque cent cinquante ans.

«Eh bien, moi, Winoski, je l'ai vu. J'étais en traîneau et Pape s'est soudain affolé. Puis, il s'est arrêté net: il était hypnotisé. Une forme s'est approchée, couverte d'une montagne de guenilles, en se balançant de gauche à droite, comme le ferait un singe.

Je ne pouvais distinguer le visage.

«J'ai eu peur, je l'avoue. Je ne pouvais pas bouger. L'être a caressé Pape et j'ai vu au bout des doigts non pas des ongles, mais des griffes d'ours. Il est reparti. J'ai voulu le suivre: il avait disparu. Il y avait bien la trace de son manteau de fortune, sauf qu'elle ne menait nulle part.»

M. Winoski se tait. Méo Taillefer et Ti-Mé Lange cherchent une blague à faire à leur tour, sans trouver. C'est pendant cet instant de silence qu'on voit passer une ombre noire. Celle du vieux Fou.

Il s'approche.

— Moi, la chose la plus extraordinaire que j'aie vue, c'est un oiseau sauvage venir manger dans ma main.

Il repart, comme si de rien n'était, et disparaît bientôt derrière la cabane de hockey. Tout le monde est d'accord: voilà quelque chose d'extraordinaire. Mais le vieux Fou, qui habite on ne sait pas où, n'irait pas manger chez Steve La Patate même s'il gagnait le prix. Celui-ci fut alors décerné à Ti-Mé Lange, qui avait fait jouer de la si bonne musique au mariage de la fille du maire...

Ce soir-là, le petit Dédé Lapointe regarde par la fenêtre de sa chambre avant de s'endormir. Il aperçoit, près de la haie de cèdres, une forme noire qui se déplace bizarrement. Intrigué, Dédé plisse les yeux pour mieux voir. «Ça marche comme un gorille! Qu'est-ce que c'est?»

La forme disparaît derrière la haie. Dédé se glisse sous une épaisse douillette. «Encore une hallucination! J'ai peut-être une grave maladie du cerveau», pense-t-il avant de sombrer dans un profond sommeil.

Chapitre III

De l'imprévu dans l'air...
un peu trop chaud

Le lendemain matin, un redoux s'est installé dans la région. Il n'a fallu que quelques heures pour que la température bondisse de moins 20 degrés à plus 8 degrés.

Les sculptures de Méo Taillefer fondent lentement. La glace de la patinoire est déjà impraticable et il faut annuler les joutes de hockey prévues pour aujourd'hui. Les inséparables sont déçus. Ils attendaient impatiemment la partie de ce matin, car John était gardien de but pour l'équipe des Bibites à poils.

S'en retournant d'un pas traînant vers la rue Principale, ils rencontrent Dédé Lapointe.

— Bonjour, Dédé. Ça va mieux les

halli, les hallo...

— Mes hallucinations?

— C'est ça, dit John.

— Non.

— C'est vrai? s'inquiète Agnès, pleine de sollicitude.

— Hier, j'ai vu une sorte de gorille dans mon jardin. Et ce matin, c'était une autruche.

Jocelyne lui touche le front:

— Tu dois faire de la fièvre.

Dédé est un peu chaud.

— Tu as parlé à ta mère de ce que tu as vu? demande John.

— Oh non! Sans ça, elle va appeler Urgences-Santé! On va m'emmener à l'hôpital. Et on va faire des expériences secrètes sur moi!

Agnès a une idée.

— Écoute, Dédé, on va aller avec toi et tu nous montreras où tu as vu ces... visions. Il y a peut-être des traces.

Tout content, Dédé entraîne les inséparables, après leur avoir fait promettre le secret absolu sur son problème. Une fois dans la cour, ils se mettent à chercher. Notdog aussi cherche, mais il ne sait pas vraiment quoi. Au fond du jardin, près de la haie, la neige semble avoir été piétinée.

— La neige a tellement fondu déjà, on ne voit pas grand-chose, constate Agnès.

— Pas de plumes d'autruche, ajoute John, à quatre pattes.

— Rien de mon côté non plus. Ah! Notdog a senti quelque chose, dit Jocelyne en pointant son chien du doigt.

En effet, Notdog, qui s'adonnait au jeu sans trop de conviction, s'éloigne, le museau collé à terre.

— Suivons-le! crie Jocelyne.

La troupe s'élance. Notdog entre dans le bois et avance vite. Longtemps ils le suivront. Ils sautent des ruisseaux, traversent une pinède, des clairières et une forêt de sapins. Dédé, avec ses petites jambes, progresse avec peine.

Notdog ne perd jamais la piste, semble même savoir où il s'en va. C'est en arrêtant quelques minutes pour souffler qu'ils entendent la plainte.

— Ça vient de là, sur la gauche, dit Jocelyne, inquiète.

— Mais Notdog veut continuer tout droit, remarque Agnès.

— Il faut aller voir, décide John.

— Dédé, tu me prends la main, ordonne Jocelyne au petit qui proteste.

Elle donne aussi l'ordre à son chien de lâcher sa piste et de venir avec eux. Ce qu'ils découvrent, à cinquante mètres, ce n'est pas un oiseau géant: c'est un homme inconscient, ensanglanté.

***

À la fin de l'après-midi, au poste de police du village, Steve La Patate vient livrer trois chocolats chauds aux inséparables qui discutent avec le chef.

Dédé Lapointe, pour qui la découverte de l'homme fut un choc, dort maintenant dans son lit, sa mère à son chevet.

Les parents de John, ceux d'Agnès et l'oncle de Jocelyne ont dû être rassurés par leurs propres enfants: «Tout va bien! Ne vous en faites pas pour nous! Faites-vous un bon thé pour vous calmer. Non, on ne s'éloigne pas, promis.»

Loin d'être secoués par leur aventure, les inséparables y voient le début d'une enquête. Ils sont tout excités: ça fait long-temps que la fameuse agence de détectives Notdog a eu une affaire à éclaircir.

— Récapitulons, dit le chef de police, en se versant un café noir. L'homme que vous avez trouvé se nomme Roger Bon-temps. D'après les renseignements obtenus par ordinateur, il vit en Ontario et on ne lui connaît pas de travail. Il a déjà été arrêté pour utilisation de cartes de crédit volées. La première question est...

— Que faisait-il au beau milieu de la forêt, tout seul, à des centaines de kilo-mètres de chez lui? le devance Agnès.

— La deuxième question est: qu'est-ce qui l'a attaqué si précocement?

— Férocement, John, le reprend Agnès.

— Le médecin est catégorique, enchaî-ne Jocelyne, c'est un animal. Les blessures ont été faites par des griffes ou des dents. Mais il n'y a pas beaucoup d'animaux sau-vages par ici, à part les ours.

Le chef réfléchit:

— À cette époque-ci, les ours hibernent encore.

— Peut-être qu'avec le temps doux, il y en a un qui s'est cru au printemps et qui est sorti de sa tanière, suggère Agnès.

— Possible. On le saura quand l'homme pourra parler. Sauf qu'on ne sait même pas s'il reprendra connaissance. Qu'est-ce qu'il faisait là... C'est ça qui me chicote, avoue le chef.

Devant cette question pour l'instant sans réponse, chacun plonge dans ses pensées, son chocolat ou son café.

***

Pendant ce temps, dans la forêt, le vieux Fou s'adonne à un rite étrange. Debout sur un rocher, il lance des cris rauques. Puis il se met à parler une langue connue de lui seul. Il met ses mains en porte-voix, tourne sur lui-même, appelle en gémissant, poursuit son curieux monologue.

Tout est calme autour.

À côté de lui, Louis Finn attend, nerveux.

Chapitre IV
Des hot-dogs moutarde-questions

Ce soir-là, dans le cadre du carnaval, on organise un souper aux hot-dogs cuits sur le feu. La nuit a fait baisser la température de quelques degrés. Les sculptures d'animaux de Méo Taillefer ont regelé, quelque peu déformées. Sur le rond de glace, des patineurs courageux tentent d'éviter les trous.

Partout, un seul sujet de conversation: l'homme trouvé gisant dans la neige. Car dans les petits villages, il y a deux choses qui vont vite: les jeunes qui viennent juste d'avoir leur permis de conduire et les nouvelles.

Certains, pourtant, ne sont toujours pas au courant. Un de ceux-là est Méo Taillefer qui a passé la journée, bougon, à essayer de sauver son lapin de glace. Qui a fini en souris aux longues oreilles. Il vient justement se chercher quelques hot-dogs.

Au service: John, Agnès et Jocelyne qui tenaient à participer au carnaval. Et Notdog, bien content, s'empiffre avec les saucisses que Jocelyne échappe.

— Moutarde-chou? demande John.

— Non, ketchup-moutarde, répond Méo.

Le maire Michel s'approche, tout en émoi. Il serre la main des inséparables, l'un après l'autre:

— Félicitations, les enfants. Sans vous, cet homme serait mort gelé.

Méo, la bouche pleine, veut en savoir plus:

— Quel homme?

— Vous ne savez pas? Eh bien, ces enfants d'un courage extraordinaire ont sauvé d'une mort certaine un homme qui a été attaqué sauvagement dans la forêt!

— Attaqué? Par qui?

— Plutôt par quoi. On croit que ce pourrait être un ours. Si nous étions en Afrique, je dirais par un lion, tellement il est blessé gravement, explique le maire.

Méo Taillefer reste un instant sans voix.

— Un... lion?

— Non, non, non, un ours. À moins que ce ne soit une meute de loups. Tiens, on n'a pas pensé à ça, réfléchit le maire.

La discussion s'amorce sur la possibilité d'une attaque par les loups, s'il n'y en a pas dans le coin.

C'est alors que s'avance Ti-Mé Lange. Comme il est resté toute la journée dans la grande ville voisine à chercher des disques de valse pour la compétition de patinage artistique de demain, il n'est au courant de rien.

— Mon doux, qu'est-ce qui se passe ici? Tout le monde a bien l'air énervé.

— C'est à cause de l'homme qui a été attaqué ce matin, explique Jocelyne en sortant une saucisse de l'eau chaude.

— Qui ça? Tout garni, s'il te plaît.

— Un étranger qui s'est aventuré tout seul dans les bois.

Agnès tend à Ti-Mé son hot-dog. Il mord dedans:

— Un étranger? Personne ne le connaît?

— Non, continue le maire. Un certain Roger Bontemps.

Ti-Mé s'étouffe.

— Tu as mis de la moutarde, Agnès! Je suis allergique à la moutarde!

— Excuse-moi, je suis désolée. Tu avais dit tout garni...

— Ayoye, Ti-Mé, as-tu attrapé un coup de soleil? Tu es rouge comme un saucisson polonais! s'exclame M. Winoski qui arrive sur ces entrefaites.

Lui non plus n'est pas au courant de la nouvelle, étant resté tout l'après-midi avec une de ses chiennes qui a accouché de huit chiots.

— C'est la moutarde, répond Ti-Mé en se mouchant.

La présence de M. Winoski donne une idée au maire.

— Winoski, vos chiens, ils ressemblent à des loups...

— Les huskys sont encore plus beaux, Monsieur le maire.

— Oui, mais est-ce que ce genre de chien pourrait être dangereux?

Devant l'air soupçonneux du maire, M. Winoski se méfie:

— Mes chiens sont doux comme des agneaux.

— Supposons qu'ils se sentent menacés ou qu'ils soient malades...

— Ils pourraient mordre, bien sûr. Où voulez-vous en venir?

— Vous n'en avez pas perdu un, par hasard, hum?

— Non. Pourquoi?

Agnès raconte leur découverte du matin à M. Winoski. L'homme blêmit, oh! à peine deux secondes.

— Pauvre homme! Mais mes chiens n'ont rien à voir là-dedans, j'en suis certain.

John lui offre un hot-dog. M. Winoski refuse, expliquant qu'il a déjà mangé chez lui. Il prend congé, en même temps que Ti-Mé. Quant à Méo, il a disparu depuis un bon moment. Le maire tire pompeusement sa révérence, tandis que plusieurs personnes du village s'approchent pour profiter de la chaleur et des hot-dogs.

***

Très loin de là, dans un endroit de la forêt où jamais personne ne va, deux hommes se disputent.

— Il faut absolument avertir la police. Il s'agit de la sécurité des gens, dit le vieux Fou.

— Pas question, répond Louis Finn.

— Écoute, j'ai passé l'après-midi à l'appeler. Il n'est pas venu, il peut être n'importe où. C'est trop dangereux.

Le vieux se rend près du téléphone. Louis Finn lui arrache l'appareil des mains.

— On va demander au patron quoi faire. Je ne pense pas qu'il serait d'accord pour voir la police ici.

Le vieux reprend le combiné:

— Je sais ce que j'ai à faire.

Louis Finn, beaucoup plus fort, lui tord un bras derrière le dos. Il le force à avancer vers une chaise, l'assoit, le menace:

— Tu ne feras rien du tout.

Intimidé et faible, le vieux Fou reste là, geignant:

— Un tigre en liberté... Mon Dieu...

***

Vers deux heures du matin, à l'hôpital, l'infirmière de garde entre dans la chambre de Roger Bontemps pour prendre sa température et vérifier s'il est toujours inconscient. Le lit est vide.

Chapitre V
Disparition et apparence d'apparitions

Le lendemain, un lundi, est de ces jours bénis par les enfants qu'on appelle journée pédagogique. C'est donc congé, au grand bonheur de tous.

Jocelyne a dormi chez Agnès avec Not-dog. John rejoint ses deux amies, encore en pyjama à midi.

— Il pleut, dehors. C'est vraiment une bizarre de tenture, dit John, en enlevant son anorak mouillé.

— De température, John, pas de tenture, le reprend Agnès, en l'entraînant vers le sous-sol où les deux filles regardent un film, *Le livre de la jungle*.

— J'aimerais tellement ça pouvoir flatter un tigre! soupire Jocelyne devant un superbe spécimen à l'écran.

— Dommage que ce soit si méchant, dit Agnès.

— Il y en a sûrement des appro... des appra... des ap-pri-voi-sés! Voilà, je l'ai eu! lance John, très fier.

Agnès prend la tête de Notdog dans ses mains, relève ses babines pour montrer ses crocs.

— Vous avez vu ses dents? Je n'aimerais pas qu'il me morde! Imaginez un tigre!

— Notdog ne te mordrait jamais, affirme Jocelyne.

Notdog opine de la tête, trouvant tout de même Agnès malpolie de mettre ses doigts dans sa bouche sans prévenir.

Les inséparables s'enfoncent confortablement dans le sofa démodé en peluche brune. Ils redémarrent le film qu'ils ont déjà vu cent fois, au moins. Ils rêvent d'amitié éternelle avec une panthère et de jeux fous avec un ours. Ils s'imaginent connaître le langage des animaux et converser avec eux.

Mais, en repensant à l'homme qu'ils ont découvert presque mort, ils sont obligés d'admettre que, dans la réalité, on ne parle pas à un ours comme ça.

— À moins que ce ne soit autre chose qu'un ours qui ait attaqué M. Bontemps, suggère Agnès.

— Vous avez vu comment Méo Taillefer a pâli lorsque le maire a dit que, si on était en Afrique, il penserait qu'il s'agit d'un lion? se rappelle Jocelyne.

— Et comment M. Winoski a blêmi quand il a été mis au courant de l'histoire? continue John.

— Et Ti-Mé qui s'est étouffé avec son hot-dog? ajoute Agnès.

— Dans le cas de Ti-Mé, c'est parce

qu'il est allergique à la moutarde, rectifie Jocelyne.

Soudain, elle fronce les sourcils:

— Pourtant, l'autre soir, au concours d'histoires extraordinaires, je me souviens très bien qu'il avait des traces de moutarde autour de la bouche. Curieux.

— Pourquoi est-ce qu'il se serait inventé une allergie? questionne Agnès.

— Aucune idée.

La mère d'Agnès appelle alors sa fille, qui monte à la cuisine et revient bientôt avec Dédé Lapointe.

— Encore toi! On te voit souvent, ces temps-ci! lance John en apercevant le gamin qui descend les marches d'un pas mal assuré.

Agnès lui prend la main pour l'empêcher de débouler l'escalier.

— La mère de Dédé est venue voir la mienne. Pendant qu'elles jasent un peu, elles nous le confient.

Dédé se cale dans le sofa.

— Ça va mieux? demande John.

— Non.

Jocelyne essaie de se faire rassurante:

— Tu sais, c'est difficile pour un petit garçon comme toi de découvrir un adulte blessé. Ça prendra quelque temps avant que les images disparaissent de ta tête. Mais je suis sûre que ta maman s'occupe bien de toi.

— Oui, elle a même dormi avec moi. Mon problème, ce n'est pas le monsieur dans la neige. Vous savez qu'il a disparu?

— Quoi?!

— C'est ma tante, qui est infirmière à l'hôpital, qui l'a appris à maman.

Jocelyne trouve que cette histoire devient louche. Agnès, qu'elle commence à se compliquer. Et John cherche comment

un grand blessé a pu disparaître sans qu'on s'en aperçoive. Il a fallu quelqu'un pour l'aider, certainement.

Oubliant la présence de Dédé, les inséparables se disent qu'il est temps de mettre leur nez là-dedans. Dédé les écoute un moment discuter. Puis il leur souligne qu'ils ne l'ont pas encore laissé exposer son problème.

— Quel problème? demande Agnès.

— Bien, c'est que j'ai encore vu un animal, ce matin.

— Lequel, cette fois-ci? s'esclaffent les inséparables. Un crocodile? Une girafe ou un kangourou?

— Comment avez-vous fait pour deviner?

John, Agnès et Jocelyne regardent le petit avec curiosité.

— Deviner...

— Deviner que j'ai vu un kangourou dans ma cour?

Ce n'est plus de la curiosité qu'on peut lire dans le regard des inséparables. C'est de l'inquiétude.

Dédé est-il en train de devenir fou?

Ou voit-il réellement ce qu'il dit?

Chapitre VI

Avez-vous déjà vu un chevreuil rayé?

La première chose à faire était de s'habiller et d'aller voir le chef de police. Ce dernier n'avait rien à leur apprendre sur la disparition de Roger Bontemps.

Le personnel de l'hôpital n'avait vu personne entrer dans la chambre de l'homme. Comme sa fenêtre donnait sur le toit de la chaufferie, il a pu passer par là sans être remarqué. Et le chef est d'accord avec les enfants: dans l'état où il est, le blessé n'a pas pu se sauver tout seul.

La deuxième chose à faire était moins évidente. Par où commencer leur enquête? C'est un peu perdus que les inséparables se sont retrouvés dans la cour de Dédé Lapointe.

— *Ridiculous*. Chercher des traces de kangourou! marmonne John.

— Moi, je ne pense pas que Dédé soit fou, dit Jocelyne qui montre des restes de nourriture éparpillés sur la neige. Pas étonnant que des animaux viennent ici! Regardez, de la salade, des coeurs de pomme... Pour moi, il a vu un chevreuil.

— Si c'est un chevreuil, il a des skis aux pattes, observe Agnès.

Elle montre aux autres des traces bien nettes de très longs pieds à côté des poubelles.

Dédé, de retour chez lui, aperçoit les inséparables à travers la porte-fenêtre de la cuisine. Il l'ouvre et leur crie qu'il arrive. Mais sa mère en a décidé autrement.

— Vous comprenez, il m'inquiète un peu. J'aime mieux le garder tout près de moi, dit-elle aux inséparables pour justifier son refus.

Déçu, le petit regarde John, Agnès, Jocelyne et Notdog partir en direction de la forêt, suivant la piste de son kangourou.

La première rencontre qu'ils font, ce n'est pas avec un animal, mais avec Méo Taillefer. Le sculpteur local est un peu surpris de tomber sur eux.

— Où allez-vous comme ça?

— Oh, on court après les kangourous, répond Agnès, certaine que Méo pensera qu'ils se sont inventé une chasse-jeu.

Curieusement, Méo ne réagit pas comme elle l'avait imaginé.

— Un... kangourou? Où ça? Vous avez vu un kangourou?

Méo se fait insistant.

— Pas nous, euh... c'est... euh... Dédé Lapointe qui est certain d'en avoir vu un, explique Jocelyne.

Méo sourit.

— Oh! Dédé! Quel gentil petit garçon! Il a l'imagination un peu trop fertile... Il a dû voir un ours debout, quelque chose du genre. Ce serait logique.

— Oui, très logique, s'empresse de dire John, avant que les filles fassent allusion aux traces qu'ils ont découvertes.

— D'ailleurs, avec cet homme blessé que vous avez trouvé, je resterais près de chez moi, si j'étais vous. C'est dangereux, vous pourriez être attaqués par cet ours enragé. Je vous raccompagne.

Les enfants refusent, Méo insiste.

— Pour toi aussi, c'est dangereux, souligne Jocelyne. Où vas-tu?

— Oh! moi, je n'ai pas peur! J'ai toujours sur moi quelques outils dont je me sers pour mes sculptures. Avec ça, que l'ours approche pour voir!

Il montre un couteau assez impressionnant. Tout en parlant, il leur fait rebrousser chemin et marche avec eux jusqu'au village.

— Voilà, vous êtes en sécurité ici, mais rentrez vite. On ne sait jamais. Allez, au revoir.

Et Méo repart en direction de chez lui. En soupirant d'impatience, les inséparables attendent que Méo ait disparu avant de retourner à leurs recherches.

— Pourquoi ne voulais-tu pas qu'on lui parle des traces, John? demande Agnès.

— Pour ne pas l'avoir dans les genoux.

— Dans les jambes, John, pas dans les genoux, le reprend Agnès.

— Je ne sais pas si vous avez remarqué, mais il a évité ma question, note Jocelyne. Il ne nous a pas dit où il allait, lui.

Ils entrent de nouveau dans le bois. Joyeusement, Notdog les précède, le nez collé à la piste qu'il suit fidèlement. «Oh! que ça sent bizarre, cet animal-là! Je ne suis pas trop sûr que j'en mangerais», pense-t-il.

Bientôt, ils arrivent là où ils ont découvert Roger Bontemps. Il reste à peine un peu de sang bruni sur la neige. Ils poursuivent leur chemin.

C'est alors qu'ils entendent des ordres criés à des chiens.

Au loin, M. Winoski passe avec son traîneau. Il file à vitesse réduite, dans une sorte de corridor juste assez large pour son attelage. Concentré sur sa route, il ne voit ni John, ni Agnès, ni Jocelyne et il s'enfonce dans la forêt.

Par contre, Pape a vu Notdog. Mais jamais rien ne le distraira de son travail et il continue tout droit, sans signaler sa présence à son maître.

Près d'une cascade d'eau glacée, les inséparables arrêtent pour se désaltérer et reprendre leur souffle.

— Là, il y a juste un problème, dit John.

— Lequel? demande Jocelyne.

— J'ai faim!

Agnès fouille dans ses poches et en sort deux paquets de biscuits soda:

— Ils sont un peu écrasés. Ça fait bien une semaine que je les ai oubliés là.

Mais on est au milieu de l'après-midi, tout le monde a faim et on s'assoit pour grignoter les miettes de biscuits. Un sifflement se fait entendre: les enfants aperçoivent Méo qui revient. Ils se cachent en vitesse, car ils n'ont évidemment pas envie de se faire raccompagner au village une deuxième fois.

— Qu'est-ce qu'ils font tous dans le coin? murmure Agnès.

Dès que le sculpteur a disparu, ils se remettent en route. Notdog suit toujours la piste. Cependant, Jocelyne commence à s'inquiéter.

— Je ne suis plus si certaine qu'on doive aller plus loin. Il est tard et la nuit vient vite...

— C'est vrai. On n'est jamais venus par ici, ajoute Agnès. On est très loin de chez nous.

— On est très loin de tout, précise Jocelyne.

— Vous voulez vraiment retrousser le chemin? Si près du but?

— Rebrousser, John, pas retrousser. Et puis si près de quoi? Quel but? On est au milieu de nulle part!

Autour d'eux, de la neige, des arbres. Et une tête qui surgit soudain entre deux sapins.

John plisse les yeux:

— Je vais changer mes lunettes. Je vois un chevreuil rayé.

— Ton chevreuil, c'est un zèbre, dit Jocelyne, les yeux écarquillés de surprise.

— Un quoi?! s'exclame John.

L'animal les voit aussi. Il prend peur et se sauve.

Sans hésiter, John, Jocelyne, Agnès et Notdog se lancent à sa poursuite.

Ils sont loin de se douter de ce qui les attend.

Chapitre VII

Un zoo,
en fin d'après-midi

Il ne faut pas bien longtemps pour que les inséparables voient le zèbre se faufiler dans la brèche d'une clôture de fer. Une clôture très haute, tissée serré, se terminant par des pointes si acérées qu'elles décourageraient n'importe quel grimpeur.

Sauf qu'elle est fendue. Et l'ouverture est assez large pour laisser passer un gros animal. John, Agnès, Jocelyne et Notdog traversent la clôture. Ils avancent prudemment, se sentant observés.

Notdog, lui, va de tous bords tous côtés. «Ou bien mon flair est détraqué, ou bien ce zèbre-là sent le rhinocéros», pense-t-il. Mais surtout, ça sent le danger. Il jappe en guise d'avertissement.

Au même moment, Agnès entend un souffle puissant tout près d'eux. Elle plisse les yeux et, à travers les aiguilles d'un pin, elle aperçoit une masse grise qui s'approche.

Avant même qu'elle ait le temps de dire «Sauvons-nous!», un cri retentit du haut d'un arbre. Un grand singe vêtu d'un manteau de soldat saute par terre et se met à courir autour des enfants. Il prend John par la main et l'entraîne dans l'arbre. Jocelyne et Agnès les suivent et grimpent sur de solides branches.

— Notdog! s'affole Jocelyne.

Son chien est poursuivi par un véritable rhinocéros. Le chimpanzé saute dans un autre arbre, puis par terre, et fait des simagrées devant l'énorme animal qui oublie Notdog et charge dans sa direction. Le singe remonte dans l'arbre à toute vitesse et Notdog disparaît Dieu sait où.

Le rhinocéros, pour qui tout s'est déroulé trop vite, se calme, ne se souvenant plus de ce qu'il pourchassait. Il rebrousse chemin.

Dans leur arbre, les inséparables attendent qu'il s'éloigne, encore tout secoués. John grimpe un peu plus haut. Le paysage qui s'offre à lui est tout à fait fantastique.

— Wow! Venez voir!

Les filles grimpent.

— Dédé a bien dit la vérité, murmure Agnès.

Non seulement le kangourou qu'il a vu

se promène-t-il près d'une étable, mais le zèbre est à l'abreuvoir, l'autruche dans l'entrée d'un garage et la sorte de gorille est avec eux.

Il y a autre chose. Un bison est immobile dans son enclos. Un renne aiguise ses bois contre une clôture. Un chameau rumine en rêvant probablement au désert. Et un pingouin se dandine, peut-être à la recherche d'un ami pour jouer.

Il y a des enclos, d'immenses cages, des maisonnettes pour animaux, des aires clôturées; une maison, aussi, et de grands bâtiments.

— C'est un vrai zoo, observe Agnès. Il faut aller voir. À qui appartient tout ça?

— C'est quelqu'un qui a bien su garder son secret. Personne au village n'est au courrier, continue John.

— Au courant, John, pas au courrier, le reprend Agnès.

De son côté, Jocelyne réfléchit:

— Dans tout ce que Dédé a vu, il manque juste le tigre. J'espère qu'il s'est trompé.

Un jappement leur parvient du bas de l'arbre. Notdog est revenu de sa peur et de sa cachette. Les inséparables descendent le rejoindre, accompagnés du chimpanzé qui a adopté John. Il se cramponne à lui, grimpe dessus, l'entoure de ses longs bras.

Et la petite troupe s'avance vers cet étrange zoo.

— Ça fait bizarre d'entendre des cris d'animaux exotiques dans un paysage d'hiver, observe Agnès.

— S'il y a des animaux exotiques ici, ils vont mourir de froid, précise Jocelyne. Le temps doux des derniers jours les a probablement fait sortir.

— Le temps doux et qui? demande John.

Les enfants entrent dans une grange. C'est exactement comme s'ils pénétraient en pleine jungle.

Une grande chaleur et un degré d'humidité très élevé règnent. Il y a des chemins bordés de plantes gigantesques et, en marchant, on découvre dans une vitrine un boa qui digère. Là, une volière où sont perchés deux vautours. À côté d'un bassin à l'eau trouble, un alligator dort.

Ils sortent de la grange et s'engagent dans un sentier que longe une clôture de fer à peine visible. Derrière, six yeux brillants les regardent. Des loups gris. Les enfants se rapprochent les uns des autres, en espérant qu'il n'y ait pas de brèche.

Ils poussent la lourde porte d'un édifice haut comme quatre étages. Une girafe se penche vers eux, en quête de nourriture. Une gazelle se promène nerveusement dans l'aire qui lui sert de savane. Un guépard s'est levé à leur arrivée, mais son domaine, qui fait la moitié du lieu, est solidement grillagé. Tout près, un carré de sable décoré de rochers et un trou dans le mur.

— Ce doit être la place du rhinocéros. Il a défoncé le mur et c'est par là qu'il s'est échappé, dit Agnès.

— Et là, l'enclos du zèbre, dont la porte est ouverte, constate Jocelyne en montrant une litière de paille salie.

Retournés dehors, ils rencontrent encore un yack et un sanglier. À part les animaux, il n'y a pas âme qui vive.

— Allons voir la maison, là-bas, propose John.

Tout au long de la visite, Jocelyne a tenu solidement Notdog par le collier. C'est maintenant qu'elle le laisse aller, alors qu'il n'y a plus aucune bête autour d'eux, qu'il se met à grogner.

— Du calme, Notdog. Assis! Qu'est-ce

66

que tu as?

Jocelyne s'agenouille près de son chien, lui caresse les oreilles. Elle le rassure d'une voix douce. Rien n'y fait.

— Il ne veut pas aller à la maison.

— Il y a peut-être une bébite dangereuse là-dedans, dit Agnès que l'inquiétude de Notdog gagne.

— Ou un fantôme, ou un fou furieux, ou un extra-terrien? s'énerve John.

— Un extraterrestre, John, pas un extra-terrien, le reprend Agnès.

Jocelyne voit les choses autrement:

— Il y a peut-être quelqu'un de blessé ou d'inconscient, je ne sais pas, moi. Quelqu'un qui, pour une raison ou pour une autre, ne peut pas s'occuper des animaux.

Prudente, Agnès décide de rester dehors, histoire de surveiller et d'aller chercher du secours si ses amis se trouvaient dans une fâcheuse situation dans la maison.

Et Jocelyne, John et Notdog montent l'escalier qui mène à l'entrée. John frappe. Ils attendent. Rien. Il frappe de nouveau:

— Il y a quelqu'un?

Pas de réponse.

Il ouvre la porte qui n'est pas verrouillée. Ils entrent.

Notdog joue l'éclaireur et visite les pièces à toute vitesse. L'entrée est vide. La cuisine aussi. Dans le salon, la seule trace d'un passage d'humain est un reste de chips.

Notdog file à l'étage. C'est là qu'il fait deux découvertes. Il gémit et Jocelyne monte en courant, suivie par John.

Dans la première chambre, ils découvrent Roger Bontemps. L'homme est profondément endormi.

— Ses pansements ont besoin d'être changés. Ils sont sales et tachés de sang, remarque Jocelyne.

John entend soudain un bruit. Il fait signe à Jocelyne de se taire. Il sort la tête dans le couloir. Personne. Il n'y a que Notdog assis devant une porte.

Un gémissement. Jocelyne se cache. John va ouvrir la porte avec précaution. Notdog se précipite dans la chambre et saute joyeusement sur un homme bâillonné et attaché: le vieux Fou.

— Viens, Jocelyne! C'est O.K.! crie John en entrant dans la pièce.

Vite il s'empresse de défaire le bâillon qui empêche le vieux de parler, pendant que Jocelyne court à la cuisine chercher un couteau pour couper ses liens.

De grosses larmes coulent des yeux tout ridés.

— J'avais perdu tout espoir. J'étais sûr que jamais personne ne viendrait me délivrer. Car personne ne vient ici. Comment ça se fait que vous soyez là? Mais où est-ce que j'ai la tête! Je ne vous ai pas encore remerciés, sanglote le vieux en massant ses poignets rougis et endoloris par la corde qui les attachait.

— C'est faux que personne ne vient, monsieur. Vous ne vous êtes pas attaché tout seul, dit Jocelyne.

— Et il y a l'homme dans l'autre chambre, ajoute John.

Le vieux caresse Notdog qui veut absolument lui donner la patte.

— Je vous dois des explications, mes sauveurs. Il faut faire vite. Très vite.

— Pour attraper celui ou ceux qui vous ont gardé prisonnier, suppose Jocelyne.

— Non. Pour attraper un tigre en liberté.

Chapitre VIII

On n'apprend pas à un vieux singe à faire la grimace

— Je n'ai toujours eu qu'une passion: les animaux, raconte le vieux en massant ses jambes engourdies. J'ai longtemps travaillé dans un zoo, en Ontario. Et quand j'ai eu assez d'argent de côté, je me suis installé ici, loin de tout. Et j'ai monté mon propre zoo.

— Ce n'est pas illégal? soupçonne Jocelyne.

— Non, pourvu qu'on ait les permis.

— Vous les avez?

— Je peux marcher maintenant, dit le vieux en se levant, sans répondre à la question.

— Pourquoi étiez-vous attaché? demande Jocelyne.

— Parce que j'ai découvert que mes fournisseurs d'animaux font de la contrebande d'animaux exotiques en voie de disparition. Et qu'ils font le commerce de bêtes sauvages. Ils vendent des ratons laveurs, par exemple, ou même des loups, à des particuliers qui les gardent en captivité. Et ça, c'est tout à fait illégal. Roger Bontemps fait partie de la bande. Venez.

— Qui d'autre?

Encore une fois, le vieux ne répond pas. Il entre dans la chambre de Roger, où l'homme dort toujours.

— On lui a donné des médicaments très forts pour soulager ses douleurs.

Il lui touche le front. Il est brûlant.

— Il est très malade. Ses blessures sont graves.

John s'approche:

— Ce n'est pas un ours qui l'a attaqué...

— Bien sûr que non; c'est le tigre. Roger Bontemps et son complice me le livraient lorsqu'ils ont eu un accident. Le tigre s'est sauvé. Il peut attaquer quelqu'un d'autre à tout moment.

— Dédé ne mentait pas quand il a dit qu'il a vu un tigre, murmure Jocelyne, inquiète.

— Où ça?! crie le vieux.

— En arrière de chez lui, au village.

— Au village! Mais oui! Il y a de la nourriture, là-bas. Vite, pas une minute à perdre!

Le vieux s'élance dans l'escalier. Les enfants le suivent. Notdog, qui vient de trouver un vieux sandwich au fromage, reste derrière. Une fois dans l'entrée, le vieux agrippe les clés de son camion.

— Avant, j'appelle l'ambulance. Il faut tout de suite ramener Roger Bontemps à l'hôpital.

Il décroche le combiné du téléphone, mais une voix se fait entendre de la porte:

— Vous n'appellerez personne.

Agnès rejoint ses amis:

— On est chanceux: Ti-Mé et son ami, M. Finn, sont venus ici par hasard et ils vont pouvoir... Qu'est-ce qui...

Elle se retourne. Ti-Mé menace tout le monde d'une carabine. Louis Finn a un sourire mauvais. Le vieux commence à composer le 9-1-1, mais avant d'avoir appuyé une deuxième fois sur le un, il voit

Louis Finn arracher le fil du téléphone.

Agnès, qui ne comprend rien de ce qui arrive, s'avance vers Ti-Mé:

— Voyons, Ti-Mé, c'est quoi, ce fusil-là?

— Va avec les autres, se contente-t-il de répondre sèchement.

Elle recule, interdite. Le vieux intervient:

— Laisse les enfants en dehors de ça.

— Je n'ai rien contre eux. Sauf qu'ils se sont mis le nez où ils n'avaient pas d'affaire. De toute façon, qu'est-ce que vous faites ici?

John explique:

— On a suivi une piste de kangourou, puis un zèbre.

— Un kangourou? Un zèbre? Comment ça? s'étonne le vieux.

— Les animaux se sauvent parce qu'il y a des portes ouvertes, un mur défoncé, des broches dans votre clôture...

— Des brèches, John, pas des broches...

Le vieux se prend la tête à deux mains:

— Mon Dieu, c'est la catastrophe! S'ils se sauvent, ils vont prendre froid. Je dois réparer la clôture, je dois les récupérer, je dois trouver le tigre. Oh! mon Dieu, mon

Dieu, mon Dieu!

— Non, vous n'irez nulle part.

Le ton de Ti-Mé est sans appel.

— Le tigre! La vie des gens est en danger!

Ti-Mé s'impatiente:

— Au diable ce tigre! On prend nos trésors brésiliens et on se sauve.

Agnès, qui ne comprend toujours pas, murmure à l'oreille de Jocelyne:

— Peux-tu m'expliquer?

— Ti-Mé et son ami Roger Bontemps font de la contrebande d'animaux sauvages et d'animaux en voie de disparition. Les trésors brésiliens, ça doit être des oiseaux ou quelque chose venu du Brésil.

Ti-Mé l'interrompt:

— Tu en sais beaucoup, ma belle.

Jocelyne continue:

— Ils fournissent aussi les animaux au vieux F... heu... pardon, au fait, c'est quoi votre nom?

— Shaw.

— M. Shaw s'est aperçu de tout. Il voulait avertir la police, mais ils l'en ont empêché.

Ti-Mé éclate de rire:

— Ah oui? Laissez-moi vous dire que

M. Shaw était au courant depuis un bout de temps. Par contre, il voulait son tigre. Alors il n'a rien dit. Et il nous a même permis d'utiliser ses installations pour qu'on y garde des animaux qui n'étaient pas encore vendus. Il a fallu que son satané tigre se sauve. Et il a eu la mauvaise idée d'appeler la police... Sauf qu'il n'était pas question qu'on soit dénoncés.

Le vieux Fou a l'air gêné. À cet instant, Notdog apparaît en haut de l'escalier en se léchant les babines.

— Sauve-toi, Notdog, sauve-toi! lui crie Jocelyne.

Rapide et obéissant, Notdog recule, cherche une issue. Il voit la fenêtre de la salle de bain légèrement ouverte. Il bondit, s'aplatit le plus possible, passe dessous, saute du haut du deuxième étage dans la neige mouillée.

Louis Finn se lance à sa poursuite. Ti-Mé Lange l'arrête:

— Ne t'occupe pas de lui! Même s'il allait jusqu'au village en courant, ça lui prendra un temps fou. Et on sera partis depuis longtemps. Ni vus ni connus.

Louis Finn se gratte la tête:

— Ni vus ni connus... Eux nous connaissent. Qu'est-ce qu'on va faire?

— J'ai ma petite idée. M. Shaw a une belle colonie de scorpions. N'est-ce pas, M. Shaw?

— Non! supplie le vieux Fou.

Agnès, John et Jocelyne comprennent avec horreur quelles sont les intentions de Ti-Mé.

***

De son côté, Notdog se demande comment venir en aide à Jocelyne. Il a compris que la situation est grave. Pourquoi? Cela n'est pas de son ressort. D'instinct, il cherche de l'aide. C'est alors qu'il tombe face à face avec le singe qui l'a sauvé de l'assaut du rhinocéros.

Il porte toujours son vieux manteau de soldat. Notdog s'approche doucement, les oreilles basses, la queue battante, en signe d'amitié. Puis il mord son manteau et tire dessus.

Intrigué, le singe le suit. Ils retournent vers la maison. La porte s'ouvre. Notdog se tapit dans la neige, le singe roule sous l'escalier. Louis Finn descend et se dirige vers un des bâtiments.

Le singe et Notdog sortent de leur cachette. Le singe regarde par une fenêtre. Il
voit son maître et les enfants immobiles. Il
voit aussi Ti-Mé, de dos, qui pointe une
carabine vers eux.

Le singe décide de gratter à la porte.
Notdog l'imite. Ti-Mé recule, tend une
main vers la poignée:

— C'est toi, Louis? Tu as fait ça vite.

Il ouvre. Notdog lui passe entre les
jambes. Ti-Mé réussit à ne pas perdre
l'équilibre.

— Ne bougez pas! ordonne-t-il.

Le singe lui saute dans le dos en criant.
Ti-Mé échappe son fusil. Le vieux M. Shaw
s'en empare et le pointe vers Ti-Mé.

— Bravo, Mon Homme!

Le singe, ravi des félicitations de son
maître, se tape sur la tête et va l'embrasser.

— Au tour de Louis Finn, dit Agnès.

Elle n'a pas aussitôt prononcé son nom
qu'il apparaît dans le cadre de la porte, un
aquarium dans les mains.

— Attention, c'est plein de scorpions!
avertit le vieux.

Louis Finn échappe l'aquarium. Le
singe roule sur lui-même et l'attrape avant

qu'il aille se fracasser par terre. John se met à courir après Louis Finn qui se sauve vers la camionnette. Plus rapide que lui, John y arrive en premier, arrache les clés du volant et les lance le plus loin qu'il peut.

Ti-Mé en profite pour essayer de s'enfuir, mais Notdog lui plante les crocs dans un mollet. Ti-Mé s'étend de tout son long sur le plancher. Pendant que M. Shaw lui tient solidement les mains, Jocelyne trouve une corde pour les lui attacher.

Le coeur battant, Agnès se précipite sur l'aquarium dont le couvercle était entrouvert. Elle le referme juste comme un scorpion allait en sortir.

M. Shaw court dehors, à la recherche de Louis, avec Notdog qui le retrouve très vite. Ils le ramènent à la maison puis le ficellent solidement.

— Et maintenant? demande Agnès, étourdie.

— On file au village avertir la police. Et chercher le tigre.

— Qui va rester avec eux? s'inquiète Jocelyne.

— Mon Homme va s'en charger. Hein, Mon Homme? Tu les surveilles et tu ne les laisses surtout pas s'enfuir. Et n'écoute pas, même s'ils te proposent des bananes!

Le singe fait signe qu'il a compris avec de grands gestes et s'assoit sur une chaise, prenant ses ordres très au sérieux.

La nuit est tombée. M. Shaw saute dans la camionnette. John, confus, lui explique qu'il a lancé les clés Dieu sait où.

Tout à coup, ils entendent des cris.

— Winoski!

L'attelage, mené par Pape, apparaît et, vite, s'arrête près d'eux. Pape et Notdog se toisent. Winoski s'approche.

— Peux-tu nous emmener au village en quatrième vitesse? demande M. Shaw. Il y a un tigre en liberté!

— Montez!

— Attendez! dit Jocelyne.

Jocelyne fait entrer son chien dans la camionnette et prend une poignée de paille.

— Sens, Notdog, sens. C'est l'odeur du tigre.

Tout le monde embarque sur le traîneau à chiens.

— Tenez-vous bien! On part! crie Winoski.

Et le traîneau décolle, laissant derrière Mon Homme, qui s'amuse comme un petit fou à faire des grimaces à ses prisonniers.

Chapitre IX
Sésame,
calme-toi

Au même moment, au village, le petit Dédé Lapointe joue tranquillement dans sa cour. Il a finalement réussi à convaincre sa mère de le laisser prendre l'air. La neige est bien collante et Dédé a entrepris de faire un bonhomme de neige géant.

La mère de Dédé allume la lumière extérieure, car la noirceur tombe. Par la porte, elle l'avertit:

— Tu rentres dans cinq minutes!

Dédé roule une boule de neige. Il la pousse le long de la haie et, tout à coup, il remarque un bout de queue noire qui disparaît aussitôt.

«Il a une grosse queue, ce chat-là», pense Dédé. Et il s'approche en appelant:

— Minou, minou, minou!

Cinq minutes plus tard, comme elle l'avait annoncé, Mme Lapointe sort chercher son fils. Dès qu'elle met le pied dehors, l'inquiétude la gagne: elle ne le voit pas. Elle entend soudain une toute petite plainte: «Maman, maman, viens me chercher...»

Elle aperçoit Dédé, paralysé par la peur, et le tigre tapi sur le sol, en position d'attaque.

Affolée, elle sent son coeur battre trop fort dans sa poitrine. Immobile au beau milieu de la cour, elle essaye de réfléchir vite. Vêtue d'une simple chemise, elle ne sent pas le froid que ramène un vent du nord. Les yeux rivés à la fois sur son fils et sur le tigre, elle se demande quoi faire pour sauver Dédé.

Elle avance à tout petits pas, cherche

quelque chose à lancer pour assommer le tigre. «Le feu, c'est ce qu'il faut...»

C'est alors qu'elle entend la voix de M. Winoski qui donne des ordres à ses chiens. Le tigre aussi a entendu. Il tourne sa tête immense. Et ce qu'il voit, c'est un chien jaune bondissant d'un traîneau, grognant et montrant les crocs, un chien courageux qui ne fait pas le poids avec lui.

Tout se déroule à la vitesse de l'éclair. Le traîneau s'arrête. Jocelyne panique et crie à Notdog de revenir. Mais son chien a décidé de protéger Dédé. M. Shaw dit à Winoski de détacher son attelage. Libéré, Pape court prêter main-forte à Notdog et se place derrière le tigre.

Les chiens tournent autour du tigre, et c'est comme s'ils s'étaient consultés sur la tactique à adopter. Dès que le tigre fait mine d'aller vers l'un, l'autre l'attire vers lui.

La mère de Dédé profite de l'inattention du tigre pour courir chercher son fils, le prendre dans ses bras et l'emmener en sécurité dans la maison.

M. Shaw s'approche, l'attelage en main. Et il se met à parler une étrange langue. Chacun retient son souffle. Le seul mot

intelligible est Sésame, le nom du tigre.

Le vieil homme avance lentement, les yeux rivés sur ceux du tigre. L'animal fixe M. Shaw.

La voix de l'homme est douce, apaisante. Les mots étranges se suivent sur un ton qui est presque une chanson. Pour les inséparables, qui regardent la scène avec peur et fascination, le vieux Fou devient un vieux magicien qui possède le secret du langage des animaux.

L'homme et le tigre se font face. Les autres se demandent si l'apparente docilité du tigre n'est pas une feinte pour mieux attaquer une proie facile.

Mais voilà que le tigre se couche sur le sol. M. Shaw continue toujours son extraordinaire monologue. Il tend la main, caresse la tête de la magnifique bête. Il lui passe l'attelage, puis fait lever le tigre, qui le suit comme un chien. Le vieil homme l'attache à un gros arbre.

— Tout ira bien maintenant, dit-il.

Personne n'ose bouger. C'est alors que parviennent de la maison les pleurs de Dédé qui vient tout juste de réaliser que le danger est écarté.

Chapitre X
Un tigre passé
à la sécheuse

Le lendemain après-midi, le mercure est retombé à moins 20 degrés. Dans sa cuisine, la mère de Dédé Lapointe prépare du café, du chocolat et des jus pour tous les visiteurs qui viennent s'enquérir de l'état de son fils: les inséparables, le chef de police et M. Winoski. Dans la cour, Notdog et Pape se disputent amicalement un bout de bois.

Dédé, ravi de l'attention qu'on lui porte, raconte pour la dixième fois son face-à-face avec le tigre.

— Il avait plus peur que moi! déclare-t-il, persuadé que c'est vrai.

— Eh bien, tout se règle, commente le chef. Roger Bontemps, une fois rétabli, ira rejoindre Ti-Mé et Louis Finn derrière les barreaux. On a déjà les adresses de leurs clients et on confisquera leurs animaux pour les donner à un zoo.

— Et M. Shaw? Il n'est pas méchant, il aime juste beaucoup les animaux, s'inquiète Jocelyne.

— Et mon ami le tigre? demande Dédé.

— Et Mon Homme? demande John.

— Et tous les animaux? demande Agnès.

Le chef adore être pressé de questions et prend une voix officielle:

— M. Shaw n'avait aucun permis. Le ministère de la Faune lui retirera tous ses animaux.

— Mais il s'en occupait bien. Il sait leur parler, c'est un don. Vous ne pouvez pas lui faire ça! proteste Jocelyne.

— M. Shaw n'a pas suivi la loi. Et il n'a pas dénoncé les contrebandiers. Je suis certain qu'il s'en tirera avec une peine de travaux communautaires, pas plus. Pour les animaux, le maire Michel a une solution qui devrait plaire à tout le monde: il a décidé d'ouvrir un zoo. Même qu'il a un projet pour M. Shaw: il veut le nommer responsable du zoo.

— Est-ce qu'il y aura mon tigre dans le zoo? s'inquiète Dédé.

— Probablement, répond le chef au garçon, ravi. Quant à Mon Homme, ça te plairait, John, de t'en occuper jusqu'à ce que M. Shaw puisse le reprendre? Il avait l'air de bien t'aimer.

— Oh oui! avec plaisir! s'exclame John.

Agnès s'approche de M. Winoski:

— Nous vous devons une fière chandelle. Si vous n'étiez pas venu... Dites-moi, on vous a vu dans la forêt.

— Je connaissais ce zoo et M. Shaw. C'est lui qui m'a d'ailleurs fait cadeau de Pape. Pape est un chien-loup.

— Pardon? s'inquiète Jocelyne.

— Ne t'en fais pas. Il ne fera aucun mal à ton chien ni à personne. C'était un secret entre moi et M. Shaw. Aussi, je n'ai rien dit de son zoo. Quand j'ai appris qu'un homme avait été attaqué par un animal, j'ai pensé qu'il s'agissait d'un de ceux de M. Shaw. C'est ce que j'allais vérifier lorsque vous m'avez vu. Certains de ces animaux sont dangereux: le guépard, le rhinocéros.

— On a eu l'occasion de le rencontrer, celui-là, se souvient Agnès.

— Mais vous êtes arrivé bien après nous, précise John.

— J'ai vu la brèche dans la clôture et j'ai voulu la réparer avant qu'une autre catastrophe se produise. Je me suis dit que c'est par là que l'animal qui avait peut-être attaqué Roger Bontemps était passé. Je suis retourné chez moi chercher mes outils et, le temps de réparer, je suis ensuite venu pour voir M. Shaw. On connaît la suite.

— C'est étonnant que personne n'ait été au courant de l'existence de ce zoo, fait remarquer Jocelyne.

— Quelqu'un d'autre savait, avoue M. Winoski.

Là-dessus, on sonne. La mère de Dédé ouvre. C'est Méo Taillefer.

— Je voulais prendre des nouvelles de Dédé et je... euh...

— Justement! Voici l'autre personne qui était au courant, lance M. Winoski.

Le sculpteur entre, salue tout le monde. Jocelyne lui résume leur conversation.

— Je... oui... je savais. Quand le maire Michel a parlé de lion, au souper de hot-dogs, j'ai tout de suite pensé que ce n'était pas un ours qui avait attaqué l'homme que vous avez trouvé. C'était peut-être le guépard de M. Shaw qui s'était sauvé.

— Pourquoi n'avoir rien dit? demande Agnès.

— Parce que j'aime bien M. Shaw. Il me donne des conseils pour mes sculptures animalières. Pour qu'elles aient l'air plus vraies. Je savais bien qu'il n'était pas tout à fait dans la légalité, mais comme il traite admirablement ses animaux...

— Décidément, tout le monde aime bien ce vieux monsieur, constate le chef.

— C'est chez lui que vous alliez quand on vous a coincé dans les bois?

Devant l'oeil surpris de Méo, Agnès intervient:

— John veut dire croisé dans les bois.

— Oui. Je voulais vérifier mes doutes. Sauf que, tout à coup, j'ai pensé à une de mes chattes. Elle avait un comportement bizarre hier matin et je n'ai pas fait attention. En marchant, j'ai compris: elle allait accoucher! J'ai regagné la maison le plus vite que j'ai pu.

— Oh! Elle a eu ses chatons? dit Dédé, tout excité. Je pourrai aller les voir?

— Elle en a eu quatre.

C'est alors qu'on entend un miaulement.

— Je... euh...

Le sculpteur sort de sa poche un chaton de deux mois, tigré.

— Vous savez, j'ai plusieurs chats et une autre chatte a eu des bébés, déjà... Je ne sais pas, madame Lapointe, si...

— Quelle bonne idée! lance-t-elle.

— C'est pour toi, mon garçon.

Bouche bée, Dédé prend le chaton et le serre sur son coeur.

— Oh, merci! Je vais l'appeler Sésame!

Jocelyne sourit avec tendresse:

— Il sera un peu moins dangereux que le vrai tigre.

John, Agnès et Jocelyne entourent Dédé et caressent tour à tour le chaton. Dehors, deux chiens qui ont sauvé la vie d'un enfant jouent joyeusement, comme si de rien n'était.

Table des matières

Achevé d'imprimer
sur les presses de Litho Acme inc.